OSSIAN

SVJETS TIRES DES POEMES

D'OSSIAN

PAR A·M·CHENAVARD ARCH·

CHEVALIER DE LA
LEGION D'HONNEVR

MEMBRE CORRES
DE L'INSTITVT IMP
DE FRANCE

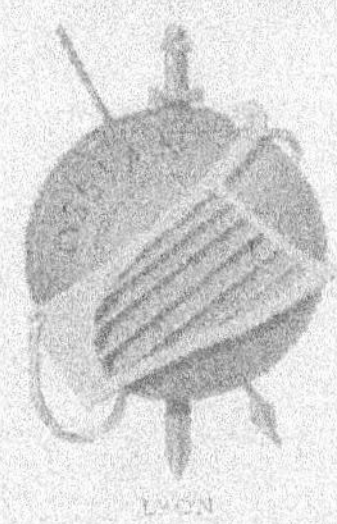

CHEVALIER DE L'ORDRE
DV SAUVEVR DE GRECE

ANCIEN PROFESSEVR
A L'ECOLE DES B ARTS
DE LYON

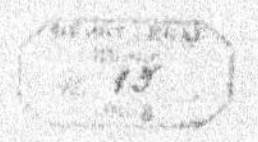

LYON
IMPRIMERIE DE TOUSL PERRIN
MDCCCLXVIII

A JOSEPHIN SOULARY

Les poésies d'Ossian, ses chants plaintifs m'ont inspiré quelques tableaux que je vous prie d'agréer.

Je les offre au poète qui sait si bien exprimer dans ses vers harmonieux les douces pensées & les riantes images.

Je les offre encore à l'artiste qui m'honore de son amitié.

A.-M. CHENAVARD.

Lyon, le 28 août 1868.

OSSIAN

PRÉCIS HISTORIQUE

EXTRAIT DU DISCOURS SUR OSSIAN, PAR LETOURNEUR

La Calédonie (Écoffe), eft fituée au nord de la Grande-Bretagne, elle avait un gouvernement mélangé d'ariftocratie & de monarchie, comme chez tous les peuples où les Druides s'étaient emparés du pouvoir fouverain, profitant de la vénération dont ils jouïffaient par leur vie auftère & retirée pour fe mettre infenfiblement à la tête de toutes les affaires religieufes & civiles.

Les Calédoniens étaient originairement divifés en tribus ; chaque tribu avait fon chef, & chaque chef était libre & indépendant.

Toujours en guerre contre le roi du monde, nom emphatique que les poèmes du temps donnent aux empereurs romains, le danger commun les raffemblait ; mais, comme aucun des chefs ne voulait obéir à fon égal, & que tous voulaient commander, leurs guerres furent mal conduites & fouvent malheureufes.

Trenmor, bifaïeul du célèbre Fingal, fut le premier qui repréfenta aux chefs les funeftes conféquences de cette divifion ; il leur propofa de commander chacun à leur tour. Trenmor prit à fon tour le commandement de l'armée & défit entièrement les ennemis.

Les tribus victorieufes le nommèrent *vergobret*, dignité qui ne durait, comme la dictature romaine, que le temps du danger.

Alors, les Druides voulurent réclamer les privilèges de leur ordre ; ils envoyèrent un député vers Trenmor pour lui ordonner de se démettre de la dignité. Le refus de Trenmor occasionna une guerre civile, qui fut bientôt terminée par la destruction totale des Druides.

Le petit nombre qui échappa au carnage se cacha dans les forêts & dans les cavernes, où ils avaient coutume de se retirer pour se livrer à la méditation.

Trenmor était chef de cette partie de l'Écosse qui borde la mer au nord-ouest & qu'on appelait alors Morven, c'est-à-dire chaîne de hautes montagnes... Il eut pour fils Conar, qui fut roi d'Irlande.

Ce qui contribua surtout à affermir l'autorité des chefs dans leurs tribus ce fut les chants des bardes. Leur emploi était de chanter les héros. Ces poètes, disciples des Druides, étaient initiés aux mystères & à la science de cet ordre fameux. Le prince, excité par ces louanges, voulut se distinguer par ses vertus autant qu'il l'était par son rang, & cette émulation continuelle des chefs entre eux forma à la fin le caractère général de la nation. Assemblage heureux de la valeur fière d'un peuple sauvage & des plus belles vertus d'une nation civilisée !

Le roi n'était pas le seul qui eût des bardes à sa suite ; chaque chef avait les siens ; & dans les fêtes solennelles que le roi donnait tous les ans, les bardes de toutes les tribus s'assemblaient pour répéter leurs poèmes ; ils servaient de hérauts ; leurs personnes étaient sacrées.

Le plus célèbre d'entre les bardes fut Ossian. Il était fils de Fingal, roi de Morven, & de Roscrana, fille de Conar, roi d'Irlande ; il vivait dans le troisième siècle de notre ère, au temps de Caracalla.

Dès qu'Ossian put porter les armes, il accompagna son père dans toutes les expéditions. Le rétablissement de Ferard-Artho sur le trône d'Irlande fut le dernier exploit de Fingal ; alors il remit solennellement la lance à Ossian. Notre barde en fit un digne usage, jusqu'à ce que la vieillesse l'eût fait tomber de ses mains. Alors, privé de son père & de son fils Oscar que Cairbar avait tué par la plus lâche trahison, devenu aveugle, il charma sa douleur & ses maux en chantant les exploits de ses amis.

Il se traînait souvent à la tombe de son père & se consolait, comme il le dit lui-même, en la touchant de ses mains tremblantes. Malvina, épouse de son cher Oscar, ne l'abandonna point ; c'est à elle qu'il adresse la plupart de ses poèmes. La tendre amitié, les soins de notre barde pour Malvina, la reconnaissance & l'attachement de la veuve d'Oscar prouvent que la délicatesse des sentiments n'est pas le partage exclusif d'un peuple civilisé.

Les armes offensives des Calédoniens étaient les flèches, la lance, le poignard & l'épée. Leurs armes défensives étaient le casque & le bouclier. Sur le bouclier s'élevaient plusieurs bosses qu'on appelait les voix de la guerre, parce que chaque bosse avait un son particulier qui annonçait un ordre différent.

Il y avait dans la demeure du chef une grande falle où il donnait des fêtes à fes tribus dans toutes les occafions éclatantes.

Lorfque la vieilleffe rendait un héros incapable de porter les armes, il les attachait folennellement au mur de la falle des fêtes & ne reparaiffait plus dans les combats. On y fufpendoit auffi les dépouilles & les armes conquifes fur l'ennemi.

Les Calédoniens traitaient en général les vaincus avec humanité & rendaient prefque toujours la liberté aux prifonniers.

Les haines de familles rendaient les combats particuliers très-communs, & les chefs alors fe faifaient une guerre éternelle. Mais l'amitié femblait être auffi héréditaire. Au moment où deux guerriers combattaient avec fureur, s'ils apprenaient que leurs ancêtres euffent été amis, ils jetaient leurs armes, & les deux adverfaires s'embraffaient.

Aucune nation du monde n'a porté l'hofpitalité auffi loin que les Calédoniens, c'était une infamie pour un homme diftingué de fermer fa porte aux étrangers, & *l'ami des étrangers* était le plus beau titre que l'on pût donner à un chef.

Pendant la fête que l'on donnait aux étrangers, les bardes chantaient & jouaient de la harpe.

Les Calédoniens portaient le refpect & les égards pour les femmes auffi loin qu'aucune autre nation celte. Fidèles à la beauté que leur cœur avait choifie, ils n'eurent jamais plufieurs femmes à la fois. L'époufe, tendrement attachée à fon héros, le fuivait quelquefois au combat, déguifée en guerrier.

Ce qui diftinguait encore les Calédoniens des fauvages modernes, c'était le progrès qu'ils avaient déjà fait dans plufieurs arts du temps d'Offian; ils cultivérent de bonne heure ceux qui fèment de quelques fleurs la vie paffagère de l'homme, tels que la poéfie & la mufique.

La navigation avait déjà fait de grands progrès du temps de Fingal; les Calédoniens avaient traverfé plufieurs fois les mers orageufes de la Scandinavie; leurs nombreufes expéditions en Irlande, en Scandinavie & dans le nord de la Germanie leur donnèrent occafion d'étendre leurs connaiffances & d'obferver les mœurs & les ufages des différents peuples.

Ils plaçaient toujours leurs palais ornés de tours fur des éminences, afin de dominer fur le refte du pays ou de peur d'être furpris par l'ennemi. Auffi appelait-on beaucoup de ces palais Sellama, c'eft-à-dire belle vue, & c'eft de là qu'était dérivé le nom du palais de Selma, réfidence ordinaire des rois de Morven.

Les nuages étaient, fuivant l'opinion des Calédoniens, le féjour des âmes après le trépas. Ceux qui avaient été vaillants & vertueux étaient reçus avec joie dans le palais aérien de leurs pères. L'âme conservait dans les airs les mêmes goûts, les mêmes passions qu'elle avait eus pendant leur vie. Le bonheur dont on jouissait était de se livrer éternellement aux mêmes plaisirs qu'on avait goûtés pendant la vie. Ils croyaient que les âmes commandaient aux vents, aux tempêtes, & ils comptaient parmi les plus grands plaisirs des ombres celui de disposer à leur gré des éléments, mais ils ne leur accordaient aucun pouvoir sur les hommes.

Jamais un héros ne pouvait entrer dans le palais aérien de ses pères si les bardes n'avaient chanté son hymne funèbre.

On ne croyait point que la mort pût rompre les liens du sang & de l'amitié. Les ombres s'intéressaient à tous les événements heureux ou malheureux de leurs amis, & il n'y a peut-être point de nation dans le monde qui ait donné une croyance aussi étendue aux apparitions.

La mort ne détruisait point tous les charmes des belles; leurs ombres conservaient tous les traits & les formes de leur beauté; elles traversaient l'espace avec ce mouvement doux & gracieux qu'Homère attribue à ses dieux.

C'était aux esprits que les Calédoniens attribuaient en général la plupart des effets naturels, tels que l'écho des rochers, le bruit sourd & lugubre qui précède la tempête; si le vent faisait résonner les harpes des bardes, ce son était produit par le tact léger des ombres. Un infortuné mourait-il de l'excès de sa douleur, les ombres de ses ancêtres avaient emporté son âme & l'avaient délivré de la vie.

Ces idées très-poétiques jettent une teinte de mélancolie sur toutes les compositions d'Ossian. Elle était encore augmentée par sa situation; il était aveugle & survivait à tous les compagnons de sa jeunesse.

Ossian, que la grandeur de ses images & ses malheurs rapprochent d'Homère, chantait pour un peuple que le spectacle de la nature ne lassait jamais. Ses héros & ceux d'Homère semblent appartenir à la même nation.

Napoléon avait pour ce poëte une affection particulière. M. de Fontanes, écrivant au général Bonaparte en Italie, s'exprimait ainsi :

« On dit que vous avez toujours Ossian dans votre poche, même au milieu des batailles. C'est, en effet, le « chantre de la valeur. »

MORAN ANNONCE A CUCHULLIN L'ARRIVÉE DE L'ENNEMI

Pres des murs de Tura (forteresse de l'Ulster), Cuchullin était assis au pied d'un arbre au tremblant feuillage, sa lance était appuyée contre un rocher revêtu de mousse, son bouclier reposait près de là sur le gazon; il rêvait au puissant Cairbar, héros qu'il avait tué dans un combat, lorsque Moran, chargé de veiller sur l'Océan, revient annoncer sa découverte.

« Lève-toi, Cuchullin, lève-toi, dit le jeune guerrier, je vois les vaisseaux de Swaran, j'ai vu leur chef, je l'ai vu haut & menaçant, comme un rocher de glace; sa lance ressemble à ce vieux sapin, son bouclier est aussi grand que la lune au bord de l'horizon. Il était assis sur un rocher du rivage, & les troupes roulaient comme de sombres nuages autour de lui.

« Jamais, dit Cuchullin, je ne céderai à un homme. Cuchullin sera grand ou mort.

« Va, Moran, prends ma lance & frappe sur le bouclier sonore de Cabait; il est suspendu à la porte bruyante de Tura. Ses sons ne sont pas les sons de la paix; mes guerriers l'entendront sur la colline. »

Moran part & frappe le bouclier, les coteaux & les rochers répondent, les sons s'étendent dans la forêt.

FINGAL, Chant Ier.

MORAN ANNONCE À CUCHULIN L'ARRIVÉE DE L'ENNEMI

TOMBEAU DE CONNAL ET DE GALVINA

Connal était un guerrier d'Albion. La belle Galvina fut l'objet de son amour ; il en était aimé, mais elle fut aimée aussi du féroce Grumal. Un jour, Connal & Galvina, fatigués de la chasse, vinrent se reposer dans une grotte où Connal suspendait les armes de ses pères. Un chevreuil parut sur le front du Mora : « J'y cours, dit Connal, & bientôt je reviens vers toi. » — « Le noir Grumal, lui dit-elle, vient souvent à la grotte de Rottan, reviens promptement, ô mon bien-aimé ! » Mais, tandis que Connal poursuit le chevreuil, Galvina veut éprouver son amant, elle se revêt d'une armure & sort de la grotte. Connal l'aperçoit & la prend pour Grumal ; il bande son arc, la flèche vole, & Galvina tombe dans son sang.

Connal reconnaît Galvina dont le cœur palpite sous le trait fatal, il tombe & s'évanouit sur le sein de son amante ; il promena depuis ses pas sur la colline, mais il errait sans cesse dans un morne silence autour de la tombe de son amante ; il cherchait la mort & la trouva dans les combats. Il dort en paix auprès de la chère Galvina, au bruit des flots du rivage, & le matelot découvre en passant leur tombe revêtue de mousse lorsqu'il vogue sur les mers du Nord.

FINGAL, Chant IV.

TOMBEAU DE CONNAL ET DE DAR-THULA.

COLMAR POURSUIT L'ESPRIT DES TEMPÊTES

Colmar se jouait au milieu de tempêtes, son noir esquif bondissait sur l'Océan & volait sur l'aile des ouragans. Une nuit, un Esprit sema la discorde parmi les éléments : les mers s'enflent, les rochers retentissent, les vents chassent devant eux les nuages menaçants, l'éclair vole sur ses ailes de feu. Colmar trembla & revint au rivage; mais, bientôt, il rougit de sa frayeur, il s'élance de nouveau sur les flots en courroux & cherche l'Esprit des vents, tandis que trois jeunes matelots gouvernent la barque agitée, il est debout, l'épée nue. Lorsque le nuage abaissé passa près de lui, il saisit ses noirs flocons, & plongea son épée dans ses flancs ténébreux.

L'Esprit de la tempête abandonna les airs, la lune & les étoiles reparurent.

Fingal, Chant III.

COLMAR POVRSVIT L'ESPRIT DES TEMPÊTES

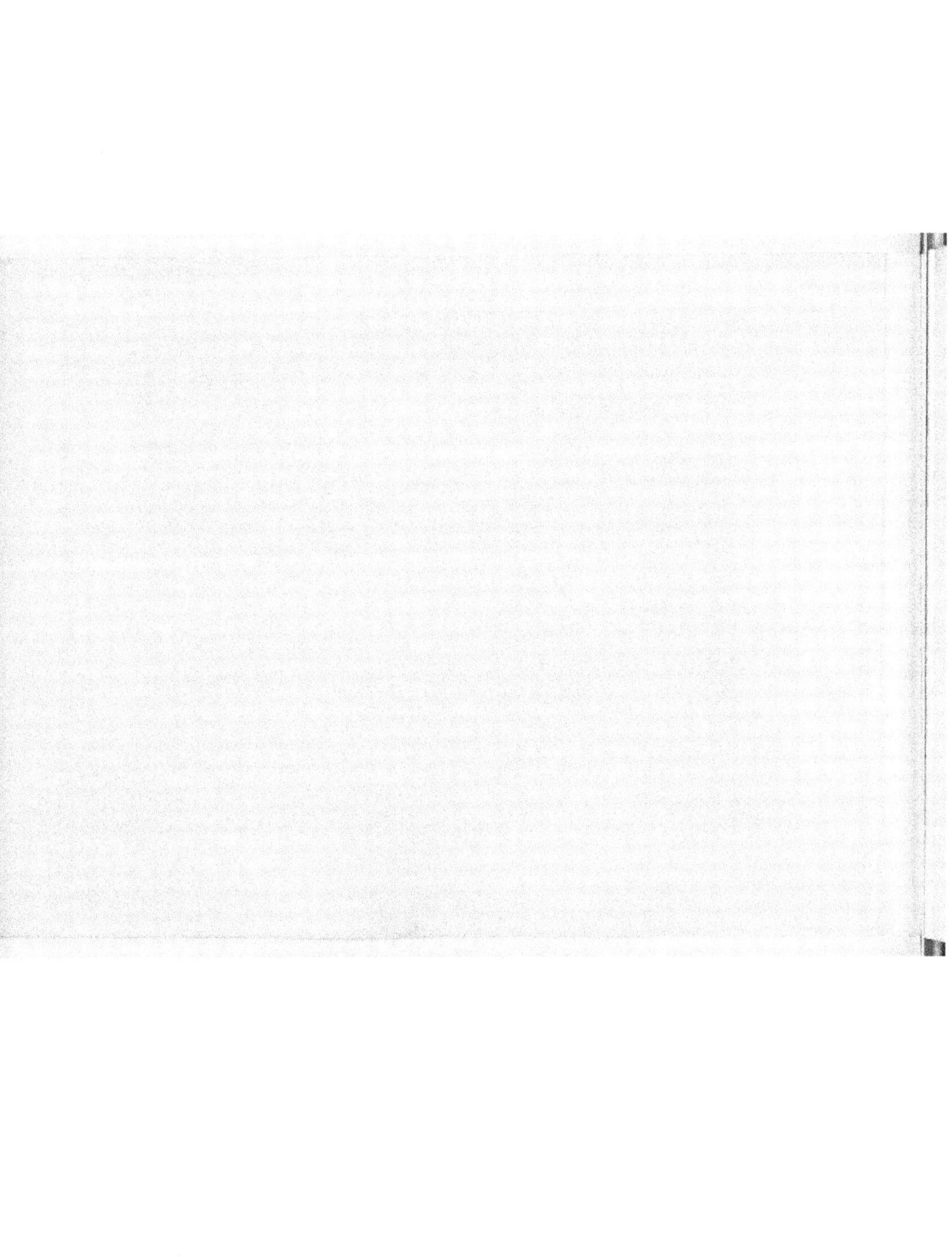

FERCHIOS DEMANDE A ALLAD OU EST GELCHOSSA

Lamdarg vint vers les tours antiques de Selma, &, frappant son bouclier, il dit : « Où est Gelchossa, où est mon amante? Je l'ai laissée dans le palais de Selma en partant pour combattre le farouche Ulfadda; va, Ferchios, va trouver dans son rocher le vénérable Allad (1), sa demeure est dans un cercle de pierre, il saura nous apprendre en quel lieu est Gelchossa. »

Ferchios partit, & se penchant vers l'oreille du vieillard :

« Allad, lui dit-il, habitant solitaire du rocher, vieillard chargé d'années, parle, qu'ont vu tes yeux? »

« J'ai vu Ullin, répondit le vieillard, il est entré dans les salles de Selma. « Tu es aimable & belle, » a-t-il dit a Gelchossa, « je t'emmène dans ma demeure. »

Lamdarg combattit Ullin, le tua, & lui-même il expira. Gelchossa pleura trois jours auprès de son amant; les chasseurs la trouvèrent morte, ils élevèrent une tombe & y enfermèrent ces deux infortunés.

FINGAL, *Chant I*.

(1) Allad était un druide; on croyait alors que les druides avaient des connoissances surnaturelles.

FÊTE DE FINGAL DANS LE PALAIS DE SELMA

Fingal était en Irlande, Lathmon, prince breton, profita de cette abſence pour faire une deſcente dans le pays de Morven; il s'avança juſqu'à la vue du palais de Selma, mais il fut ſurpris la nuit & fait priſonnier par Oſſian, fils de Fingal, & par Gaul, fils de Morni. Fingal arrive, s'approche & parle à Lathmon d'un air doux & ſerein; il ſe réjouit en ſecret des exploits de ſon fils; le contentement éclate ſur le viſage de Morni, les yeux du vieillard ſont obſcurcis par des larmes de joie. Nous allons tous enſemble au palais de Selma & nous nous aſſeyons à la fête de Fingal. Les filles de Morven viennent à nous en chantant. La douce & timide Evirallina les accompagne; ſa chevelure noire tombe ſur ſon cou d'albâtre; elle tourne en ſecret les yeux ſur Oſſian, ſa main légère touche la harpe, & nous applaudiſſons tous à la fille de Branno.

Lathmon.

FÊTE DE FINGAL AU PALAIS DE SELMA

MALVINA ET SES COMPAGNES

« Fils d'Ossian, cher Oscar, tu vis dans le cœur de Malvina. Mes soupirs se lèvent avec l'aurore & mes larmes descendent avec la rosée de la nuit. Mes jeunes compagnes me voient dans un morne silence au milieu de ma demeure, elles me disent : « Malvina, pourquoi rester ainsi plongée dans ta douleur, toi la première des belles de « Lutha; ton amant était donc à tes yeux aimable & beau comme le premier rayon du matin ? »

Elles touchent la harpe pour rappeler la joie dans mon âme, mais les larmes coulent toujours sur les joues de Malvina.

CROMA.

MALVINA ET SES COMPAGNES

TOMBEAU DE MALVINA

Mille météores éclairent le palais aérien. Au milieu de tous ces héros, Malvina s'avance en rougissant, elle contemple les visages inconnus de ses ancêtres, & détourne ses yeux humides de pleurs.

« Pourquoi, lui dit Fingal, pourquoi viens-tu si tôt parmi nous, fille du généreux Tofcar? Quel deuil dans le palais de Lutha, quelle douleur pour la vieillesse de mon fils Ossian; j'entends le zéphyr de Cona qui se plaisait à soulever ta chevelure; il vole à ton palais; tu n'y es plus; il gémit entre les armes de tes aïeux, étends tes ailes tremblantes, ô zéphyr, va soupirer sur le tombeau de Malvina; il s'élève au pied de ce rocher, sur les bords du torrent bleuâtre de Lutha. Les jeunes filles qui chantaient à l'entour se sont retirées; toi seul, ô zéphyr, y fais entendre tes plaintes. »

BERRATHON.

TOMBEAU DE MALVINA.

NINA

La nuit descendit sur l'Océan, les vents se taisaient, la lune pâle & froide roulait dans les cieux. Toscar & moi nous voguons quelque temps le long des côtes de Berrathon, les vagues se brisaient contre les rochers. Quelle est cette voix qui se mêle au bruit des flots? Elle est douce, elle est triste; mais j'aperçois une fille seule sur un rocher, la tête penchée sur son bras de neige, les cheveux épars & flottants. « Écoutons, fils de Fingal, me dit Toscar, écoutons ses chants. » Nous approchâmes à la faveur de la clarté silencieuse de la lune, & nous entendîmes cette complainte :

« Jusqu'à quand roulerez-vous autour de moi, sombres vagues de l'Océan? Ma demeure n'a pas toujours été
» dans un antre profond au pied d'un chêne gémissant. Il fut un temps où je m'asseyais aux fêtes du palais de
» Tortona, les jeunes guerriers suivaient des yeux ma démarche gracieuse & bénissaient la belle Nina. Tu vins
» alors, mon cher Uthal, tu me parus beau comme le soleil. Les cœurs de toutes les jeunes filles étaient à toi.
» Mais, pourquoi me laisses-tu seule au milieu des flots? Ma faible main a-t-elle levé le fer contre toi, mon cher
» Uthal, pourquoi m'abandonnes-tu? »

Je ne pus entendre les plaintes de cette infortunée sans répandre des pleurs; je me présentai devant elle couvert de mes armes & je lui dis avec douceur : « Aimable habitante de cette caverne, pourquoi soupires-tu, veux-tu qu'Ossian lève l'épée pour ta défense? Fille de Torthona, lève-toi, j'ai entendu tes plaintes touchantes, toujours les enfants de Morven protégèrent le faible, viens dans notre vaisseau. »

Elle nous suivit & nous entrâmes dans la baie de Rothma; mais déjà la colline de Fintorno retentissait sous les pas des guerriers d'Uthal; il s'avance, fier de sa force & de sa beauté, sa terrible épée pend à son côté, je l'attendis de pied ferme. Près de moi, Toscar tire son épée, l'ennemi vient comme un torrent, Uthal tombe sous mes coups. Nina, assise sur le rivage, écoutait le bruit du combat : elle se lève, pâle & baignée de larmes, elle voit le bouclier d'Uthal couvert de sang. « Mon héros n'est plus! Ah! que ne fus-je restée sur mon rocher, au milieu des vagues de l'Océan; mon âme serait accablée de douleur, mais le bruit de sa mort n'aurait pas frappé mon oreille! Tu m'avais abandonnée sur un rocher, mais mon âme était toujours pleine de ton image! » Elle tombe, & son âme s'exhale dans un soupir. Ses cheveux couvrent le visage de son amant.

Je versai un torrent de larmes & j'élevai un tombeau à ce couple malheureux.

BERRATHON.

NINA

LA MORT DE CARTHON

Cleffamor avait époufé Moïna, fille d'un habitant de Balclutha. Reuda, un chef breton, fut épris des charmes de Moïna, les deux rivaux fe battirent, Reuda fut tué. Cleffamor, cédant au nombre des défenfeurs de Reuda, s'enfuit auprès de Comhal, roi de Morven & père de Fingal, laiffant Moïna enceinte. Elle mit au monde un fils, qui fut nommé Carthon, & mourut peu de temps après. Comhal prit & brûla Balclutha. La nourrice de Carthon s'enfuit & fe retira avec cet enfant dans la Grande-Bretagne.

Carthon, devenu grand, ayant réfolu de venger la ruine de fa patrie, vint à la tête de fes Bretons attaquer le roi de Morven ; Cleffamor était au nombre des guerriers de Fingal. Carthon, fon fils, & lui ne fe connaiffaient point ; ils combattirent l'un contre l'autre, Carthon fut tué. Les guerriers de Balclutha, raffemblés autour de leur chef expirant, & penchés fur leur lance, écoutaient fes dernières paroles, la faible voix prononce à peine ces mots : « Roi de Morven, je péris au milieu de ma courfe ; mais fais revivre ma mémoire fur les rives du Lora où vécurent mes pères, peut-être que l'époux de Moïna pleurera la mort de fon fils Carthon. »

Ces paroles allèrent jufqu'au cœur de Cleffamor ; il tombe fur fon fils fans proférer une feule parole, & le quatrième jour il expira.

Tous deux repofent dans la vallée qui s'étend au pied de ce rocher. L'aimable Moïna defcend fur leur tombe lorfque l'obfcurité règne à fentour.

CARTHON.

LA MORT DE CARTHON.

CAÏRBAR ET L'OMBRE DE CORMAC

Deux coteaux chargés de chênes antiques dominent une étroite vallée; là coule un ruisseau tranquille; sur ses bords était Caïrbar debout, appuyé sur sa lance, les yeux rouges, chargés de terreurs & de tristesse, du fond de son ame s'élève l'image de Cormac, jeune roi d'Irlande, qu'il a assassiné dans son palais de Temora & dont il s'était emparé du trône.

Le pâle fantôme du jeune homme apparaît dans l'obscurité, couvert de ses horribles blessures; le sang coule de ses flancs aériens. Trois fois Caïrbar jette sa lance sur la bruyère, trois fois il porte la main à sa barbe, ses pas sont courts & pressés, souvent il s'arrête & agite ses bras nerveux.

TEMORA, Chant Ier.

LA MORT D'OSCAR

Cairbar, meurtrier de Cormac, jeune roi d'Irlande, avait médité la mort d'Oscar, fils d'Ossian. Près de combattre Fingal qui avait résolu de venger la mort de Cormac, il invita Oscar à une fête dans laquelle il devait exécuter son projet. Oscar s'avance la lance de Cormac à la main.

« Oscar, dit le farouche Cairbar, je vois briller dans ta main la lance de Temora, cède-la à Cairbar. »

« Moi, céder la lance de l'infortuné Cormac, dit Oscar, il me l'a donnée, céder le présent dont ce jeune roi honora la victoire que je remportai sur ses ennemis ! Ton visage sombre & farouche ne peut m'effrayer. »

Ces deux chefs en viennent aux mains. Cairbar se baisse pour éviter l'épée d'Oscar, & se glisse derrière une roche; à l'abri de ce rempart, il lève sa lance & perce le flanc d'Oscar. Fingal arrive pour le secourir, mais trop tard. Oscar expire, & Cairbar, que le fer d'Oscar avait atteint au front, tombe à son tour.

TEMORA, Chant I.

LA MORT D'OSCAR

OSSIAN PLEURE LA MORT D'OSCAR

Trenmor, père des héros, habitant des tourbillons de l'air, affemble les bardes des fiècles paffés, qui s'approchent en chantant & touchent leurs harpes à demi-cachées dans la nue. Ce n'eft point un chasseur obfcur des fombres vallées qui monte aujourd'hui vers toi, c'eft Ofcar, le brave Ofcar qui vient des champs de la guerre. Quel changement foudain, ô mon fils, un tourbillon de vent t'enveloppe & t'emporte en fifflant dans les airs.

Ne vois-tu pas ton père pleurant au milieu de la nuit? Les chefs de Morven dorment loin de moi; ils n'ont pas perdu un fils, mais ils ont perdu un héros; l'armée d'Erin approche, & je vois Fillan penché fur la croupe du Mora; il écoute les cris de l'ennemi.

Temora, Chant IIe

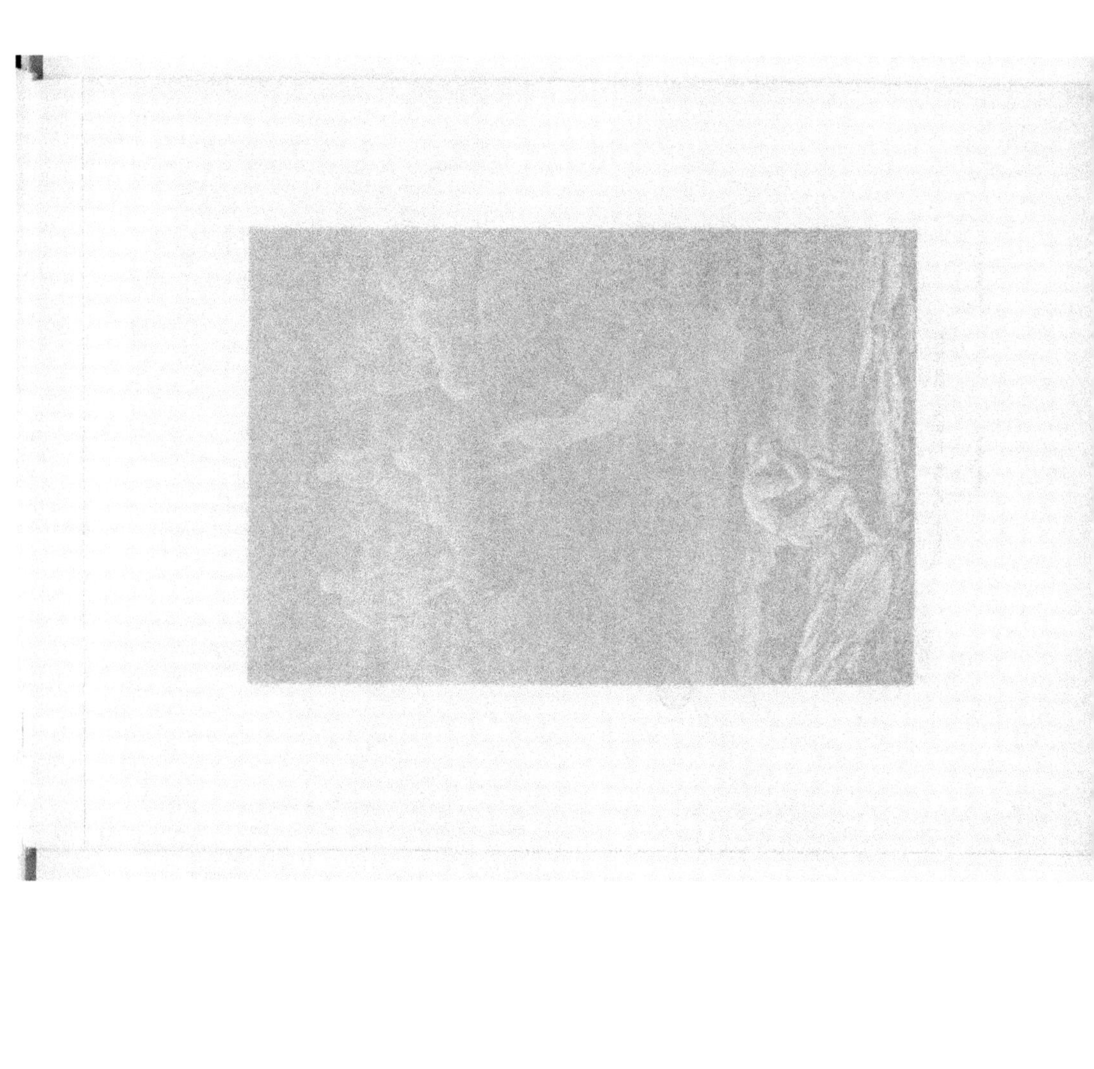

CROTHAR ET COLLAMA

Crothar était le héros le plus honoré dans Alnecma; à sa vûe, le jeune soupir des vierges s'élevait en secret. Un jour, il chaffait dans Ullin, sur la colline de Drumardo; la belle Collama le vit de la forêt; elle soupira, elle pencha sa belle tête; au milieu de ses songes, son âme était occupée du vaillant Crothar.

Crothar fut trois jours en fête avec Cathmin; le quatrième, ils troublèrent le repos des biches; Collama les suivit à la chaffe, tous ses mouvements, tous ses pas inspirent l'amour; elle rencontre Crothar dans un sentier, l'arc tombe de sa main; elle tourne la tête & cache à moitié son beau visage dans ses cheveux. Crothar se sentit embrasé d'amour, il emmena dans son palais l'aimable Callama. A leur arrivée, les bardes firent retentir les airs de leurs chants, & la joie environna la fille d'Ullin.

TEMORA, Chant II.

CROMLA ET EOLLAMA

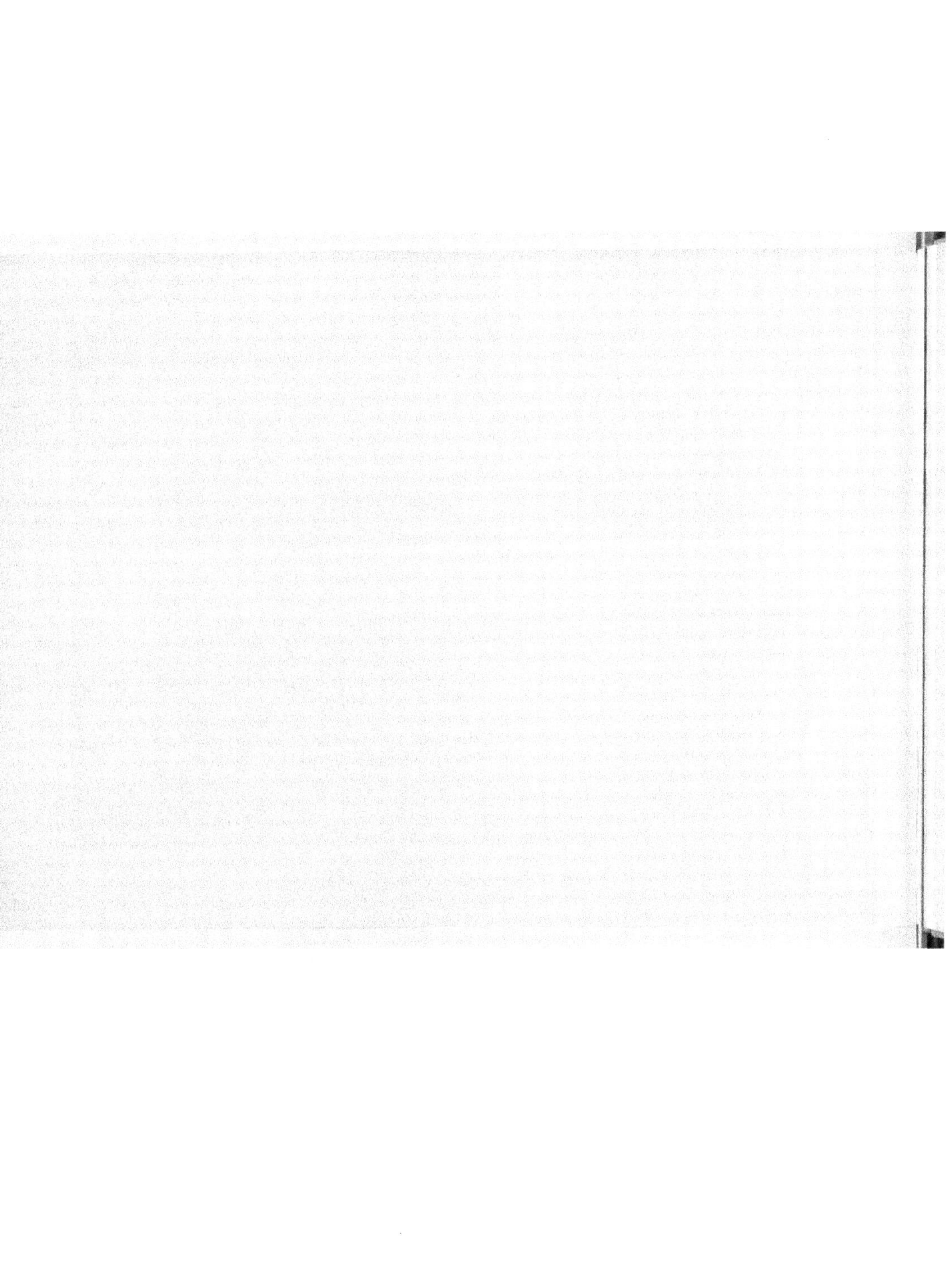

SONGE D'OICHONA

Tel qu'un jeune chêne environné de ses branches, tombe le brave Turlathon; son épouse, les cheveux épars, dort au gazouillement du Moruth; au milieu d'un songe, elle étend ses bras d'albâtre, elle croit voir revenir son époux... C'est son ombre. Oichona, ton roi n'est plus. Cesse de prêter l'oreille aux vents, tu n'entendras plus le bruit de son bouclier, il est brisé.

Temora, Chant III.

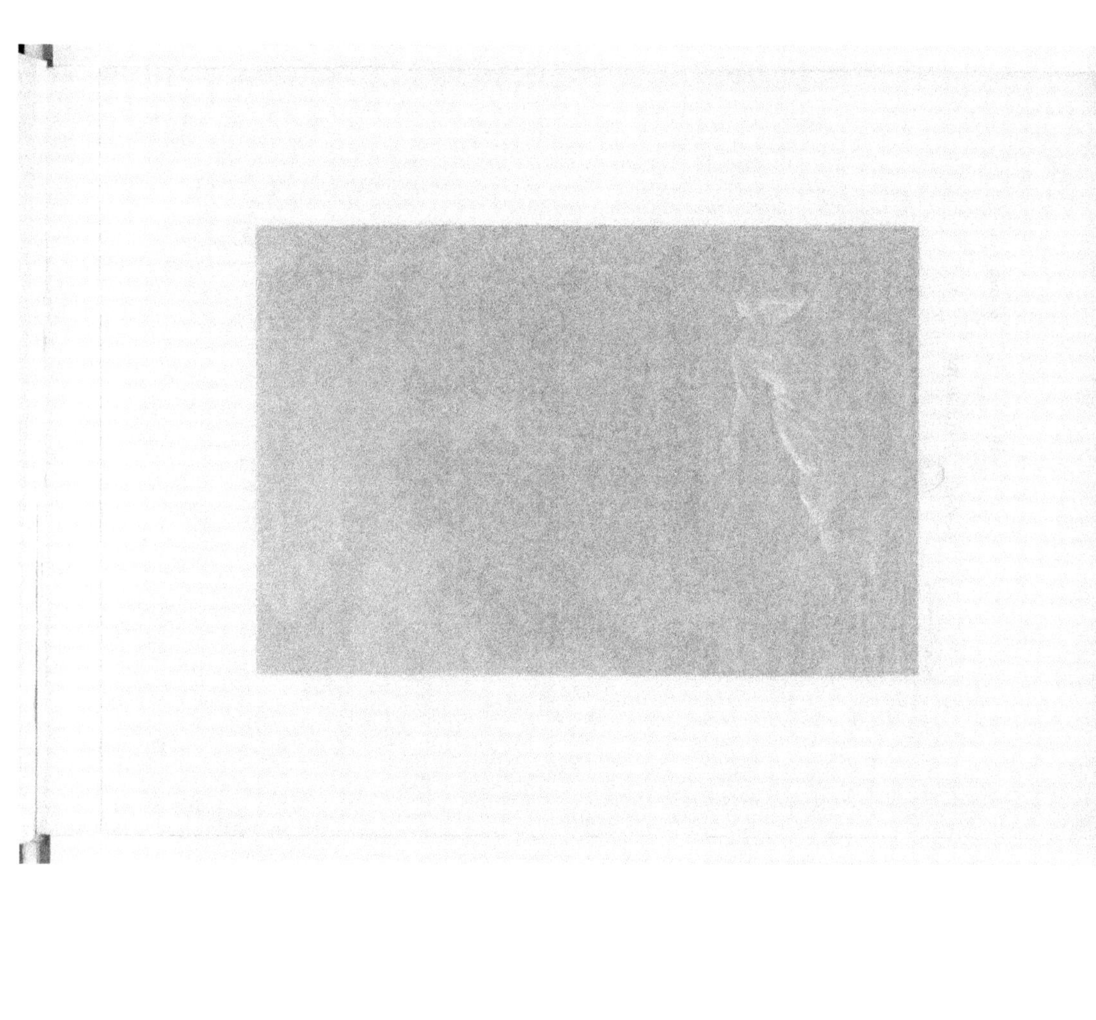

FINGAL APPORTE DU SECOURS A CORMAC ROI D'IRLANDE

Cormac vint au-devant de nous, foutenant fes pas chancelans avec fa lance fans pointe. Nous vîmes un fourire percer entre fes lèvres; les cheveux blancs ombrageaient fon vifage; il pouffa un profond foupir & prit ma main qu'il preffa en filence. « Je vois, nous dit-il, les armes de Trenmor. Fingal, tu ramènes la férénité dans mon âme. » Nous arrivâmes au palais de Cormac; il s'élève au milieu des rochers; des chênes touffus & revêtus de mouffe fe penchent à l'entour. A demi cachée dans un bois, Roferana chantait & fa main blanche volait fur la harpe. J'entrevis cette beauté; elle était femblable à un efprit célefte enveloppé dans fon nuage. Nous fûmes trois jours en fête à Lena; l'image de Roferana occupait mon âme; Cormac s'aperçut de mon trouble, il me donna fa fille.

TEMORA, Chant IVe.

PASCAL APPORTE DU SECOURS A CORMAC.

CATHMOR ET LE DOGUE DE FILLAN

Cathmor & Fillan fe livraient un horrible combat. « Je vole, dit Offian, à l'endroit où Fillan avait combattu. Je vois fur la terre un bouclier fendu, un cafque rompu; Fillan, mon frère, où es-tu? » Appuyé contre le rocher, Fillan m'entendit : « Mon frère, mes forces m'abandonnent, couche-moi dans la caverne de ce rocher. » Je defcendis le corps de Fillan dans la caverne; les torrents mugiffaient dans les ténèbres.

Cathmor, pourfuivant avec fureur les reftes de l'armée de Morven, arrive à la caverne où était le corps de Fillan. Un arbre penchait fa tête fur le torrent qui tombait du rocher; fur la rive brillait, au rayon de la lune, le bouclier rompu de Fillan. Branno, fon dogue fidèle, guidé par le vent, était couché fur les débris du bouclier de fon maître. A la vue du dogue fidèle, la trifteffe s'empara de l'ame de Cathmor, il réfléchit fur la chute des guerriers. Ils ravagent & paffent comme les vents; une autre génération les remplace, mais quelques-uns laiffent en paffant des traces de leur gloire.

TEMORA, Chant VII.

CATHMOR ET LE DOGUE DE FILLAN

LA MORT DE CATHMOR

Fingal & Cathmor combattaient. « J'entends, dit Ossian, le bruit de leurs armes ; je vole vers le lieu du combat. » Cathmor était appuyé contre le rocher, & son bouclier recevait l'eau qui tombait du sommet. Fingal voit couler le sang du héros, il laisse tomber son épée, il s'attendrit au milieu de sa victoire, & dit à son rival : « Ma fureur ne poursuit point l'ennemi vaincu ; viens, je sais l'art de guérir les blessures ! » Mais Ossian, le héros, expire. Cathmor, l'ami des étrangers, que le bonheur accompagne ton âme !

TEMORA, Chant VIII.

LA MORT DE CATHMOR.

SONGE D'OSSIAN

Pendant la nuit, un songe descendit sur Ossian. L'ombre de Trenmor m'apparut; il semblait frapper son noir bouclier sur le rocher de Selma. Je compris que la guerre menaçait ma patrie. Je me lève, je revêts mon armure, & aussitôt que les torrents de Luinon réfléchirent les premiers rayons du jour, nous déployâmes nos voiles.

SORA.

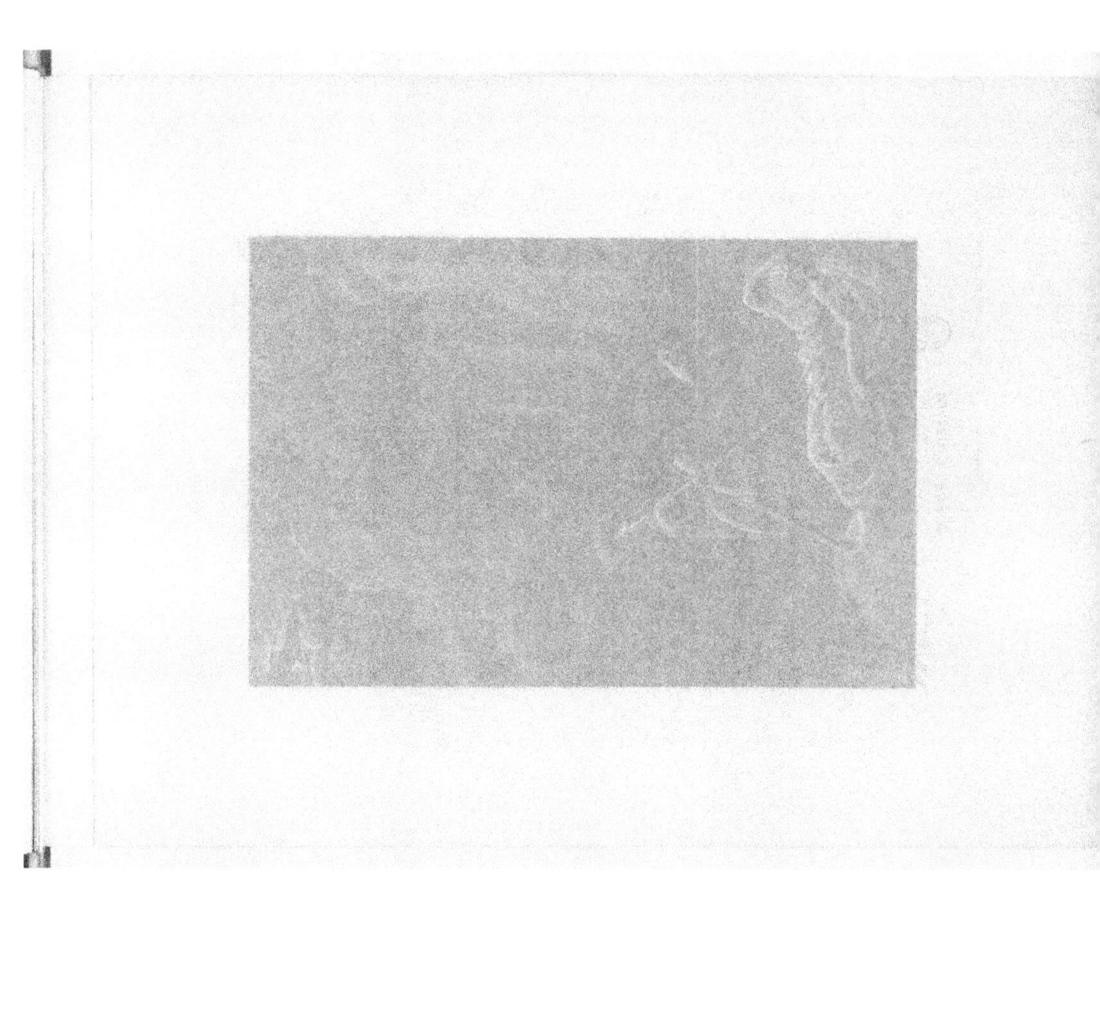

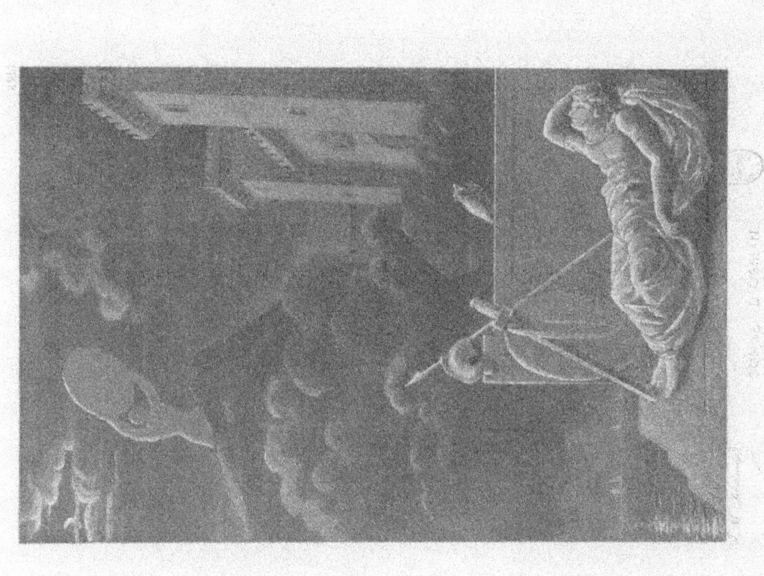

TABLE

SUJETS TIRÉS DES POÈMES D'OSSIAN

Total des planches : 18.

FIN

LYON. — IMPRIMERIE LOUIS PERRIN.